○

김언 시인의 한 줄 일기

누구나
가슴에
문장이
있다。

사람in

작
가의 말

누구나 가슴에 문장이 있고 그걸 다 써 버리지 않기를 바란다. 당신에게 하고 싶은 말이고 나한테도 하고 싶은 말이다. 많은 말이 필요하지는 않다. 기껏해야 한 줄. 그걸 들려주려고 너무 먼 길을 둘러 가지 않았으면 좋겠다.

철학

어떤 사람은 꿈에 과거가 있다고 말하고
어떤 사람은 꿈에 미래가 있다고 말한다.

복음

사람의 손길이 닿지 않는 곳에는 하느님의 손길도 닿지 않는다.

법문

가만히 들어 보면 깨달은 자의 변명 같은 것이 느껴진다.

비극

내 삶에는 비극이 없지. 웃을 일이 없기 때문이지.

이봐, 프랭크

너를 못 알아보는 방법을 말해 줄까? 가면을 벗어.

거울

사실 모든 면에서 나와 반대인 인간은 거울 속에 있지 않는가. 모든 면에서 똑같은 그가 나를 반대하고 있다.

사
냥

사슴은 사슴의 터에 있는 그들을 보았고
그들은 그들의 터에 있는 사슴을 보았다.

자
위

오빠 지금 혁명하는 거 알아. 근데 누구랑 하는 건데?

혼자.

맨날 혼자 해. 나도 같이 해.

몇 달 후 남자는 혼자 하고 있다.

차라리.

사진

그가 나를 아래위로 찢고 있다. 곱게 보내 줄 것이지.

애완

태어나 보니 누군가의 손을 타고 있다.

진공

자연은 진공을 싫어하지만, 인간은 진공을 상상한다.

상징

빨강 하나가 십 톤의 무게를 감당하고 있다.

인간

그들에게는 숫자를 세는 특이한 관념이 있으니
하나 이상은 많다.
둘 이상은 즐겁고
셋 이상은 불행하다.

아
담

한 장의 나뭇잎에 둘러싸여 나는 부끄러웠다.

연기

공장에서 굴뚝이 달아나는 순간에도 붙어 있었다.

사인

그는 옥상에서 뛰어내렸고 일주일 후에 다리가 부러
져 죽었다.

풍
작

그때마다 정부는 가격을 내리곤 했다.
그때마다 과일이 썩곤 했다.

신문고

그 많은 편지 중에 몇 글자나 읽었을까?

인터뷰

피카소가, 피카소를, 피카소한테 하고 싶었던 말.

좀비

시체도 움직인다는 사실 때문에 괴로운 시체.

상
담

상담이 필요한 상담사를 만나고 왔다.

명상

나는 명상을 하러 왔다.
가족 중 하나에 대해서.

덧
칠

잭슨 폴록의 그림을 망쳐 놓고 말았다.

이 이상 어떻게 더 망쳐?

항공모함

전투기는 배 타고 집에 갔다.

권태기

사사오입하는 마음으로 만나고 있다.

산파

누구든 아이를 낳느라고 힘들었을 것이다.
탯줄을 자르는 사람도 마찬가지 환영을 가지고 있다.

신사

여러분이 물에 빠졌다면 나올 생각을 마십시오.
모자는 계속 떠 있을 테니까요.

천국과 지옥

이 모든 것이 한 두개골의 내부에서 벌어지고 있다.

예
술

달걀이 깨지고 있다, 너무도 정교하게. 누구도 따라
할 수 없게.

약
속

혀는 정확한 시간에 정확한 곳에 있어야 한다.

발
톱

개도 발톱이 있고 고양이도 발톱이 있고 나는 괴롭다.
어디다 손을 내밀까?

불행

나에게는 불행을 자초하는 힘이 있다.

불행을 자청하는 힘도 있고.

무
중
력

그때는 연필 떨어지는 소리만 들어도 반가웠지.

마
감

우려했던 사태가 착실하게 벌어지고 있다.

왜 쓴다고 했을까. 전부 다.

현대시

흐르는 물보다는 정지한 물을 좋아한다.
정지한 물보다는 고여서 진화하는 물을 더 좋아한다.

전통

오백 년 동안 한결같이 초대하고 있는 이 초대장을
아직 다 읽어 보지 못했다. 대체 어디로 오란 말인가?

시
인

짧지만 한심한 영혼들.

길지만 더 한심한 영혼들.

묘비명

오십 년 넘게 번개가 치고 있다.
그는 벼락보다 짧은 순간을 살았다.

고
백

누군가를 향해서 기어들어 가는 목소리로 기어들어
갔다.

하수

고함이 승리할 가능성은 없다.

시

왼손이 하는 일을 오른손이 놀라게 하라.

사망 신고

나는 서류에서 풀려났다. 석방된 것이다.

괴델

영양실조가 원인이었지만, 그는 자신이 독살되었다고
믿었다.

처음 만나던 날

찰리 채플린은 웃고 있었다.
헬렌 켈러는 그의 얼굴을 어루만졌다.

교회

하느님, 그만 살림 차리십시오.

85

국가 번호가 85인 나라는 없다.

그 나라가 어딜까?

골
목

이 골목길로 사라지면 누가 있을까?

지진

가구들한테 당했어. 가구들한테 당하다니.

오와 열

오는 열을 모른다. 열은 오를 알까?

독주회

무엇을 목표로 피아노를 치고 있는지 모르겠다.
청중들의 귀는 졸고 있다.
울고 있어야 할 귀.

마
흔

내 이름을 가르자 스무 살이 나왔다. 열다섯 살의 나
도 나왔다. 맥락 없이 어린 내가 나왔다.

감
동

아무런 물기도 없이 춤추는 사람을 보았다.
아무런 흉기도 없이 들어오는 강도를 대하는 사람처럼
건조한 시선을 보냈다.

표 4

연장전까지 이어지는 인간애가 느껴지는 글이었다.

변비

똥은 더 나오고 싶어 한다. 몸은 더 밀어내려고 한다.
무엇이 문제인가?

벌레 교습소

왜 벌레가 되고 싶습니까?
벌레가 내가 될 수는 없잖아요.

기원

사실 나 이전에도 너는 있었다. 너 이전에 그럼 내가
있었는가. 누구라도 있었을 것이다. 없었다면 없었다
는 그 누군가가 있었듯이.

충고

너에게 말해 주어야겠다. 명료하고 미지근하게.

성금

그대를 만나면 전해 달라고 성금을 보내왔다. 꿀꺽.

꿈

꿈에
무너진 사람들이 계속 나온다.

작가

작가는 모서리를 가진다. 침묵을 마구 찌른다.

알

물새 알인가요, 산새 알인가요?
아무 알이면 어떻습니까? 키울 것도 아닌데.

장례식

협회 하나 없이 살아왔다. 그걸 미안하게 생각한다.

일
과

새벽. 박쥐가 돌아오고 승려들이 세상으로 나갔다.
저녁. 승려가 돌아오고 박쥐들이 세상으로 나갔다.

공

공은 장롱 밑에 들어가 숨어 있다.
언제 다시 날뛸지 알 수 없다.

화
장

얼굴에 뜬 표정을 어떻게 지울까 고민이다.

원
인

내가 피울지도 모르는 담배에 연기가 깃들어 있다.

전
통

요즘 아이들은 버릇이 없다. 오천 년 전에도 버릇이
없었다. 유구하게 없었다.

요
절

너무 어려서 죽은 노인은 행복해 보였다.

광
기

점점 사라져 가는 광기 때문에 미칠 지경이었다.

시

지금 나타나지 않으면 두 번 다시 나타날 수 없는 말
이어야 한다.

서민 대통령

경호원과 경호원과 경호원에 둘러싸여 있다.

아부

누구 좋으라고 하는 말이야?
나 좋으라고 하는 말이지.

관
계

약간 떼어 놓아야 한다. 곰팡이가 슬지 않으려면.

이
상
형

이미 살고 있고 살아 봤고 매번 이상했다.

당신이 그 사람인가?

중
년

한밤중에 너를 생각하면 목이 메었다.
물 한 잔 마시고 잤다.

인생

죽으라고 늙어 가고 있다.
죽기 싫어서 늙어 가고 있다.

환
자

너무 아픈 사람은 사람이 아니었음을.

불운

관자놀이에 총구를 대고 방아쇠를 당겼지.

어떻게 됐어?

빗나갔지.

태풍이 불면

누군가는 벽을 쌓고
누군가는 풍차를 만든다.

그리고 누군가는
그 풍차를 향해 달려든다.

기숙사

방문은 고요하게 닫을 것.
복도는 고요하게 걸을 것.
국물은 고요하게 마실 것.
눈물은 고요하게 흘릴 것.
불은 고요하게 끌 것.
꿈도 고요하게 꿀 것.

묵념

존엄은 돌이 되어 간다
돌은 곧 둘이 되어 간다

둘은 무한히 많은 둘이 되어 간다
가루를 쌓아 놓고

삼 초간 어디든지 간다
텅 빈 식장에서

예수도마뱀

예수도마뱀의 날랜 발놀림이
물 위를 뜨게 한다.

그것은 발가락이 길다.
전 세계에 퍼져 있다.

386

당신보다 무능한 상사가 말한다.
"나를 따르라."

나보다 똑똑한 여자가 말한다.
"당신을 따르겠어요."

우리보다 몇 살 많은 아이가 태어난다.
"저 먼저 갑니다."

개

멀리서 보면 큰 바위 덩어리에 기둥이 네 개 달린 것
처럼 보인다.
자세히 보면 눈이 두 개 달렸다.
뭉툭한 꼬리도 보인다.
귀가 쫑긋하다.

아빠가 돌아오셨다.

정답

정답은 우기지 않아. 웃기지도 않지. 그냥 맞는 말이
야. 틀렸다는 걸 모를 뿐.

한 문장

한 문장으로 끝내려 한다. 한 문장으로 끝내야 한다.
벌써 실패다.

사—
춘
기

뽀송뽀송한 잔털이 어제부터 나기 시작했다.
오늘부터 까끌까끌하다.

후
회

십 년 전의 일을 어떻게 예상할 수 있을까?

혀

꽃 한 송이에만 십만이 넘는 씨가 들어 있다.

소문

귓속에서 한 사람이 죽는다.
아무 소리도 못 듣고 죽는다.

마
스
터

그러는 너는 어디까지 헤매 봤니?

선구자

오래된 그 버릇을 앞서가던 그도 지켜웠을 것이다.

데모

나에게 합당한 돌을 달라!

사족

몸보다 혀가 더 길 때 생기는 증상.

인공위성

저걸 별이라고 착각할 수 있는 여유가 없다.

초
인

정신이 이룩할 수 있는 가장 높은 단계에서 실망하고
있다.

정체성

신장 2미터의 농구 선수이고 꼬마이며 동성애자인
이 외계인의 정체는?

고아

나에게도 가족이 있었고 친척이 있었지.

아무도 모르게 있었지.

타투

내 몸에 있는 모든 미신의 흔적을 지워 주세요.

잘 안 지워질 텐데요.

고백

나의 놀란 눈 속에서 그는 여행하고 있었다.

어디 묵을 곳이 없냐고 묻고 있었다.

책
상

나는 아주 오래 일하고
분노를 다스리기 위해 일하고
누군가 내 눈앞에서 죽을 때까지 일했다.

예
보

오늘 내리기로 한 소나기는 프로 야구 관계로 모두 취소되었습니다.

비난

진정한 남은 그렇게 말하지 않는다.
아무 말도 않는다.

도보 수행자

한 사람이 실종될 때까지 걸어갔다.

경
전

예수마다 창에 찔린 데가 다 다르다. 이유도 다르다.

쓰레기

쓰레기 더미 속에서 너를 발견했다.
그동안 어떻게 살았니?
쓰레기처럼 살았지. 너는?
너 찾느라고 헤맸지, 쓰레기 속을.

꿈

어디까지 잤니?
네가 들어와서 깼어.

인연

둘이 있는 걸 귀찮아하면 누군가 떠난다.
혼자 있는 걸 외로워하면 누군가 붙는다.

혁
명

빗방울 몇 개가 모여야 우산을 만들까?

물방울 몇 개가 모여야 금붕어를 풀어놓을까?

재능

모든 구름들이 비를 품고 있지는 않다.

화

비를 다 빼내고 나서야 구름은 줄어든다. 사라진다.

독방

도대체 몇 명이 살다 간 거야?

들어왔으면 너만 생각해.

시인

그는 언어에 갇혀서 가장 자유로운 영혼이었다.

저울

저울 위에 있는 사람은 언제나 흔들린다.
흔들리다가 내려온다.

지
각

그래 봤자 다 58분 전의 이야기.

59분 전이 되면 더 늘어날 이야기.

동거

누가 업어 가도 모르는 잠과 누가 업는 척만 해도 깨
는 잠.

자
화
상

누구시더라?

거
짓
말

잠깐 언어의 기분을 알 것 같다.

선진국

그 나라에 가면 생각보다 못사는 나라들이 많다.
그 나라의 인구만큼 많다.

미소

최소 4만 개 이상의 근육을 움직여야 한다.

진품

찰리 채플린 흉내 내기 대회에서 탈락한 찰리 채플린이
너 하나뿐인 줄 아니?

인간문화재

나는 나의 할아비인데, 손자가 없구나.

자살자

해안가의 갈매기와 게, 달팽이들은 모처럼 포식을 하고 있다.

대
표

여러분이 생각하는 마음과 내가 생각하는 마음이 같다.

간극이 크다는 점에서 같다.

바르게 살자

돌처럼 세워 놓은 저 돌을 어찌할까요?

심지

뚜껑을 덮고 공기를 차단했다.
촛불은 피식 웃고 꺼졌다.

현대시

언어가 투쟁하고 싶단다.
투정이 아니고?

말

낮말은 새가 듣고 밤말은 쥐가 듣고 빈말은 나도 듣는
다, 짜샤.

휘
발
유

내게 시간을 주세요. 조금이라도 휘발할 순간을.

말

모두가 움직인다는 말을 위해 움직이는 말.
모두가 정지한다는 말을 위해 정지할 수 없는 말.

호흡

당신의 말 속에서 어떤 발소리가 들립니까?

두 살

내가 어떤 소리를 내면 그들도 따라 한다.

그러니 계속할 수밖에.

계속할 밖에.

상
대

나는 상대에 따라 말을 바꾼다.

개와 고양이도 말을 바꾼다.

자
화
상

하나도 같은 그림이 없다.

분
실
물

도중에 네가 잃어버린 것은 모든 역에서 보관하고
있다.

자
서
전

조각조각 잘못된 점이 많다는 걸 안다. 끼워 맞추기
위해 다시 살고 있는 장소.

사
랑

새를 껴안고 있어도 새는 사랑을 느끼지 못합니다.

회
춘

이별하면서 다시 청춘이 된 이 막막함.

인간

그는 두 발로 걷다가 세 발로 걸어갔다.
나머지 한 발은 어디 있을까?

사무원

오늘은 꼭 일요일 같았고 그는 출근할 생각이 없는데
도 출근했다.

송년회

왜 이렇게 가기 싫을까?
기다리는 사람도 없는데.

무위

피지 않기 위한 꽃들의 노력.
말하지 않기 위한 입술의 노고.
더 무엇이 필요할까?

중
년

개를 끌고 가다가 끌려가는 사람을 보았다.
놓치다가 만 끈이 계속 간다.

죄

네 옆에 사람이 없다는 게 가장 큰 죄다.

친구

사랑보다야 멀지 않겠니?
더 멀어져야 보일 거다. 안 보이는 친구가.

걱정

아직 일어나지 않은 일들뿐이다. 태산처럼 많다.

명
절

매년 같은 음식을 먹고 있다.
매년 같은 사람을 피하고 있다.

기
일

일 년 전 오늘이 되어 간다.
백 년 전 오늘이 되어도 널 기억할게.
살아 있기나 해라.

마조히스트

한쪽 뺨이 부풀어 오른다.
다른 쪽 뺨이 가만있지를 못한다.

A/S

냉장고 소음은 수백 가지가 넘습니다.
그중의 하나를 택해서 고장이 납니다.
잘 들어 보십시오.
당신한테서 무슨 소리가 나는지.

VIP

언제나 헛것이 먼저 도착한다.
다음에도 헛것이 먼저 도착한다.
그는 언제 오는가?

헛것과 함께 도착한다.

시선

저 시선이 뜨겁다는 걸 왜 여태 몰랐을까?
넌 차가울 때도 몰랐어.

공
포

그 바위가 굴러오기 전부터 나는 납작해져 있었다.

정답

깊이 생각하지 마.

누구나 가슴에 문장이 있다

초판 1쇄 인쇄 2017년 10월 24일
초판 1쇄 발행 2017년 10월 31일

지은이 김언

펴낸이 박세현
펴낸곳 서랍의날씨

기획위원 김근 · 이영주
편집 김종훈 · 이선희
디자인 심지유
영업 전창열

주소 (우)03966 서울시 마포구 성산로 144 교홍빌딩 305호
전화 070-8821-4312 | **팩스** 02-6008-4318
이메일 fandombooks@naver.com
블로그 http://blog.naver.com/fandombooks

등록번호 제25100-2010-154호

ISBN 979-11-6169-027-8 03810